裏冨士

中村吾郎

東方社

詩集『裏冨士』に寄せて

——吾郎さんの詩に木喰仏の微笑が見える

武子和幸

笛吹市で開かれた詩の大会で、中村吾郎さんの詩の朗読を聞いたことがある。雨上がりの初夏の太陽の光が葡萄棚の葉を通してやさしく降り注ぐなかで、何という詩を読んだのか今では忘れたが、時折、〈ずら〉とか〈ごいす〉とかの山梨の言葉の合間に、語呂合せを交えて諧謔味を添えた土の匂いのする素朴で暖かな語り口と言葉の響き、リズムだけは深く記憶に残っている。

そのような記憶を辿っていくと、かつて村々を巡って武将や偉人たちを語った語りを生業とする人々の面影が浮かんでくる。確かにそうだ。どこか粗削りで、七音や五音の繰り返しを基調とし、時には弾むように、時にはしみじみとした語りの調子は彼らのものだ。吾郎さんは古代の語り部を祖先にもつ話芸の人なのだ。裏富士の影の中に生まれ死んでいった山梨の英雄たちを生き生きと語る。

詩集『裏富士』のページを繰っていると、葡萄の青葉の下で、〈冬の甲斐の釜無川　西へ遡っていきやした　七里が岩の城の上　皮膚までしみる静けさで　人待ち顔の城跡が　手まねきをしていやす〉と、新府城を去って、家臣達が次々と離反する中、最後まで勝頼公に従って共に自害した十九歳の〈乙女妻〉と侍女達の幻の声を城址の〈かなしぶ虫〉の鳴き声に聞く詩篇「愛しぶ　むし」や、〈さくら咲くら　春ずらに〉と「春ずらに」を読む吾郎さんの声がどこからか聞こえるような気がする。

細い山道に立ち塞がり、片手で藤蔓につかまりながら、襲い来る敵兵を片手ぎりに谷底に打ち落とし、武田勝頼公の自害の時間をかせいだ武将土屋惣蔵の戦いの跡に立った時の感慨。〈昔のままに勝頼一党の墓はありやしたが　土屋惣蔵の　名はなく〈思案石〉がごいす「どうしやすか」　最期の武将が座った石跡　石はなんにも語らない　ことしも春ずらに　そばに桜が咲いている　過ぎ去った人々の想いを語る　声なき声が左右から聴こえた〉。

これら初冬の草むらに途切れ途切れに鳴く愛しく悲しい虫の声や、

勝頼の思案の跡をとどめて一つぽつんと置かれた石の深い沈黙から聴こえてくる〈声なき声〉とはなんだろう。混沌とした歴史の悲惨の泥水が次第に澄み切っていくように、一つの典型へと昇華されていった人間の生き方、時間を超えた理念としての生き方。それは甲斐の民衆の一途で律儀なこころねでもあり、誇りであり、理想であり、その向こうに平和への希求のある素朴な生き方なのだ。

これらの生き方に思いを巡らしていると、中村吾郎さんの詩集『甲府盆地』（平成二年）の跋で土橋治重さんが書いた〈木喰仏のあの庶民的な味覚〉という名言を想い出すが、私も、なぜかこの詩集の奥底から、甲斐の遊行僧木喰上人が木から彫り出した仏たちの、時間を超えた微笑が浮かんでくるような気がする。そう書くと、そりゃあまり褒めすぎでごいすと吾郎さんは言うだろうか。

裏冨士※目次

装幀　高島鯉水子
本扉挿画　森島　花

裏冨士

紅と黄の　ふるさと

―プロローグ　として―

かつて　晩い夏と早い秋

石垣に　紅い朝顔と黄色い柿の実
自身のこころに　花と実を捜した
甲斐・大月駅は　岩殿城址の西
生いたちの家に　井戸端の朝顔
父が遺した　鈴なりの柿

早い春　夏の朝顔に誘われて東へ
季節を忘れ　市街地を往復した日
想い出に　山城の石垣が明滅した
目には遠い　が心に近い
この風景が　映ったらに

父母の奥津城　寄らないまま戻る
童謡に聞く〈頭を雲の上に出し〉
富士の山は　近くとも　見えない
発車のメロディーを　童謡の曲で
聴きながら　東へ向かう

車窓が城の　駅を離れて

四百年来の　岩殿城には
愛憎　武田勝頼も小山田信茂も
未だ　遠く帰ってないら
懐郷にしがみつく　二つの季節

いまも　晩い夏と早い秋

愛しぶ　むし

新婦の嬢と　言ったなら
浮かべる色もなにやらに　はなやかな話題に
なりやしょ　でもはなはだすまないことには
新府の城の　咄でごいす

夕陽を受け　枯れ草分け
冬の甲斐の釜無川　西へ遡っていきやした

七里が岩の城の上　皮膚にしみる静けさで
人待ち顔の城跡が　手まねきをしていやす
ゆめを好む甲州蛙のこのわっしは　西の窪で
やっと　天正十年（一五八二）に会えやした
甲斐の武田勝頼公は　織田信忠に攻められて
新府城館を　焼きやした

今で言えば　令嬢　と申しやしょうか
十九歳でめとった乙女妻　北条夫人と
三十人の若い女しょうと　共にのがれ
東方で武田氏の滅亡と　出会うんでごいす
ほんだけんど　お館様の滅亡に惜別して
乙女妻達のまぼろしが　西へ帰って来やした

ここで　望みの嬢に逢えたんでごいさあ
艶福家の勝頼公と違って　三十人どころか
その十分の一人さえ　おなご影のないわっし
今も昔もかわりなく　胸の内から涌きあがる
愛しさほど　美しいゆめはありやせん
だけれども　まぼろしのいのち数日間
後はいくら見て　探してみても女しょうの影
見えんでごいす　でも今こうしてゆめをみる

おお　こんな時わっしの耳に聞こえてくるん
じゃあごいせんか　女しょうの内の誰ずらか
まだいやしたか　新婦の嬢
足許の十一月に　かなしぶ虫が鳴きやした

春ずらに

さくら
咲くら
春ずら
天正十・一五八二年三月十一日武田勝頼が
天目山に滅んだ日　その臣・土屋惣蔵の譚
藤蔓につかまり三日間　山路を登ってくる
敵兵を　片手ぎりに谷川へ打ち落とした噺

以来　甲斐人はこの川を三日血川と呼んだ
が　一人で倒せる敵兵の数はたかが知れる
三日の間　赤いいのちが流れるわけがない
それでも　そう名づけたのは甲斐人の人情
武田のお館様への尊敬と　義理固い心意気
三日三晩を甲斐人のこころが　流れやした
いま川の流れは青いが　よく見ると一すじ
なおも　あかい水脈がかすかに走っている
四百三十年前の　こころが生き残っている
さくらは
咲くずら
春ずらに
ことしの春三月十一日　わたくしは甲斐の

天目山麓に　そっと武田勝頼の跡を尋ねた
昔のままに　勝頼一党の墓はありやしたが
土屋惣蔵の　名はなく〈思案石〉がごいす
「どうしやすか」　最期の武将が座った跡
石はなんにも語らない　ことしも春ずらに
そばに桜が咲いている　過ぎ去った人々の
想いを語る　声なき声が左右から聴こえた
日々　平和でありやすように　平成のいま
〈三日血川〉は願いを籠めて　日川と呼ぶ
わたくしはふと　三十一歳でやめた煙草に
火をつけたけんど　なかなかつきやせんだ

ながしのないもの　同士

大海　清井田　連子橋
豊橋からの　飯田線の先
戦国時代を　左右に見て
歴史の山野に分け入ったずら
この辺の設楽ヶ原は限りなく
武田武士の　まぼろしたちが
西を睨んで　座ってるら

彼らに　脚はないずらが
眼光は　鋭く光ってるら
勝頼公も　そこに在す
親しく近づいて　わたくしは
挨拶をしてから　問いやした

「あなた様は名将を父に持ち
一生三十六年幸運でしたか」
「……………。……………」
伝武田家葉武者末裔　の家系
わたくしならではの　質問だ
「あの史上名高い五月二十一日の
長篠敗戦も疾うに　過ぎやしたね

今日は八月十五日　現代日本での
大きな敗戦の日に　あたりやす
「…………。…………」
やはり　返事はなかった
返事が　ないのはあれから四三六年
だれにも　語るまいぞと
決意を　語るものずらか
敗軍の将は　軍を語らんら

父に劣る彼　父を語らんら
企業戦士の　敗残兵にも及ばない
わたくしと　武田武士の雑兵でも
ない愚父と　常々競っていた

以心伝心か　眼と目が合った
「ではお大切に。──わたくしは
常に惜敗者達のお味方仕りやす
かならずまた　参上致しやす」
海はない大海　井戸のない清井田
橋も見えない連子橋　長篠古戦場
勝頼公のうしろ姿に　わたくしは
深ぶかとおわかれの　挨拶をした

水堀の　光陰

風が落ちて　静寂がおとずれる
鳴動は　やがて止むもんずらに
ここは　甲斐・躑躅ヶ崎の館跡
午後三時は　十五分で鎮まった
時は消える　習いだったけんど
武田館跡に　興亡の影が浮かぶ
信虎・信玄・勝頼と三代の功名

争乱の世で　ひとつずつ潰えた
人はどこまで　孤独でごいすか
残る微風に　訊ねやしたけんど
一重の堀は　無常の詩を告げた
　人は城　人は石垣　人は堀
　なさけは味方　讐は敵なり
人は大事に　ちがいないけんど
だれも　去っていくものですら
詩った人も　詩われた人もない
一重の城に　人かげをかさねて
高い石垣に　遥かな遺志を偲び
水堀の底に　深く魂魄を沈める
甲府盆地を繞る　戦国の愛憎は

盆地の縁を　ぐるぐると廻った
天正九年十二月十四日の　午後
三代目国守はこの居館を去った
以来　争乱の時も水底に沈んだ
平成二十八年十二月十四日午後
訪れたわたくしの　腕時計の中
三時十五分の時が　残りやした

さい　の　さい

みたことが　あるらかに
のぞけば　崖の深みに闇がひろがり
たしかな　やみの底に何の音もなく
水が　流れているらかに
はるかにみおろす水鏡に　はっきり映ってい
たずらに
さいの顔

さいの目
さいの口
ありありと　それらを　わたしばかりではな
いずらに
かず多くの人びとが　きっと　みたことがあ
るらかに
ちょっとみて無表情のようずらが　さいの
目じりや鼻のあたりに　微笑が　にじんで
動きのすくない口許に　なんともいえない
懐かしみが　ほのかに浮かんでいるずらに
小動物をあやめて生きていく　肉食というの
ではなく
いつも自然と親しんで　さいは草食が好みで

ごいした
全身に　地味な灰色が似合いながら
よくよく　みれば肩背の姿に変化の妙があっ
たずらに
臆病に見えて実は強く　つよそうにみえても
やさしく
猪突のイメージに秘めている　ゆたかないの
ちをいとおしむような性格ですらに
さいはいのちが　首になるのが嫌いですら
ですから　首はあまり目立ちやせん
それでいて顔のまん中で　角がつきあげるよ
うですら
かたい生命力を　誇っていやすので

巨体のわりに　鳴きごえが　かぼそいのは
いざ　という時の底力を　そっと溜めている
のですら
さいほど　心の妻を大事にする動物は他にい
やせんら
足もとの　崖底を　じっとみおろしていやす
と　人なみ以下に沈みかけたわたしの目にみ
えますら
ですから　わたしばかりではありやせんに
自身の顔に重なって　水に映る　さいの顔に
逢う人は
元亀三年（一五七二）十二月　二十二日のこ
とですら

甲斐から　はなれてはるかな　遠州内・浜松
の犀ヶ崖
武田軍が　どっと闇夜にせめよせて
そのまま　深みに消えていきやした　といい
ますらは
三方ヶ原合戦に　すさんで失っていた自分の
本当の目的に向かい　いのちをこえ
徳川軍を　追いながらもあこがれのさいのさ
いのような　あいするさいに　逢いにいった
でごいす

※犀《さい》ヶ《が》崖《がけ》は、静岡県浜松市の布橋二丁目にある武田・徳川軍の古戦場。

すっとび　夜話

今宵も目　くっちゃぐと
信玄さん　すっとび来る
これはゆめ　だから見開いていては来んら
目をつむり　やっと会える武田信玄さんだ
天正元年は　一五七三年　その五月十二日
妻も　娘も　目をくっちゃいで見たゆめを
目を　開き　覚めたままで見た息子がいた

次男の竜宝　この息子はもともと目の障碍者
いまさらに　目をくっちゃぎようもないらに
「よいかな　よく聴け」と言った信玄さんは
これまでも　それからの世でも例のない一言
「よくよく　忘れるな」と語り聴かせたのち
「わしがな　この世を去ってちょうど一か月
様々な噂や　風評が五月の空をとんでいよう
だがな竜宝　おぬしができて　おぬし以外は
誰もできぬ　だいじな　一事を頼みたいらに
その事はな　『はっきり見た声も聞いた』
と言い廻り　『父信玄は生きてる』と叫べ
法師の竜宝　誠実なおぬしが見た聞いたと
申せば必ず　そんならもしやと人は信じて

さらに次の　人々に皆は言いふらすずらに
この父はな　三年間だけは甲斐人の目と耳に
どうしても　生きていなくてはならんらに」
〈信玄三年　その喪を世に秘する〉と伝わる
伝説の一言　こうして後世に残されたのだと
甲斐武田の　戦記が記す　これほどの為事と
それほどの　信望とを留めた人はいないらに
　今宵も目　くっしゃぐと
　信玄さん　すっとび来る
わたくしは　ゆめの中で目をかがやかせて
うつつでは　言えない一言を言いつつ頼む
「信玄さん　ゆめの中だけでもようごいす
〈甲斐人〉　というだけであなたと何一つ

共通しない　やつがれですが弟子の末席に
是非　是非　お加えいただけやせんらか」

タフとシャイの　前山後悔

ふりむけば　遠くはるか
けぶるような　海ずらか
けんどなんと不思議なことに　未練の数より
多忙の内で　高々と並ぶ過ちの山が多いので
行く先遠く視界が狭い　前途は山　多々後悔
けんどまたもや不思議なことに　困った時は
きまって思いに浮かぶ　遠い時代の人がいる

自在に歴史を　泳いだ男
元亀四年（一五七三）四月のこと　甲斐武田
信玄お館が　去ったのち
山河を囲む盆地の天にそそり立つ　名もない
武士　曲淵庄左衛門　佩刀は峡東の物干し桿
そんな　長刀を捻り回す
武田領内を吹きわたる　おく病風を驚かせた
遠州・高天神城の攻城戦
駿河湾の徳川軍が　後押しかけても不動の山
向こうは海　こちらは山
数千人　睨み呼びかける
「頼みになるらか頭かず　狼以上の一匹ぶり
心ゆくまでごろうじよ」

庄左衛門の声より　高く
太刀風ひびく　物干し桿
天正二年（一五七四）六月の　勝ちいくさと
戦国・安土・桃山・江戸へ　いくつも時代を
生きのびていく七十六歳　無名男の老骨ぶり
「おぬしのずっこけなんぞ　とるにたりんら
荒海に向かう出陣ずら」
今　わたくしの背後は　遠くつづく房総の海
前方遥か　西の雲間にかすかな　郷里の冨士
四百四十二年前の　西風
茫々とした　現代のすき間に吹き寄せてくる
職場に開く海寄りの窓辺
埋めたて地は一面の夏草

平気の庄左

犬の　ような
猫の　ような
男よ　と言われながら曲淵庄左衛門
戦国の世　甲斐武田の古武士ずらに
犬は　主人の大切な花壇でも荒らし
猫は　膳の魚も平気で盗って逃げる
人の心知らず　平気の平左でごいす

犬・猫の平気の平左と呼ばれやした
が　一つ　この人の為　と決めれば
まっしぐら　懸命に長槍をふるって
つねに　不可能を可能にする超人業
だから　主・武田のお館信玄さんも
苦い顔で　犬猫のように可愛がった

ペット時代が　来て犬猫も増加した
今の世の中は　平和共存でごいしよ
人様の畑や膳　荒らさないもんらに
ただ一つ　人々の為に　と決めれば
まっしぐら　目的達成に向かい進む
人が一人ぐらいは　と思うでごいす

犬の　ような
猫の　ような
人間だけれど　この事だけは頼もう
「平左のほか　できないしごとだ」
信玄さんが四百年前　呟いたような
為事を進めていく　人でありたいと
犬猫贔負の　わたくしはねがうらに

四百年後の　内の人
2019

あの人は　何を追っていったずら
あれほどにあわて　あわただしく
何かの　なにかを限りなく求めて
揚句どうなるずら　と思う内の人
歴史の中に　われを見失い
逃げた自分に　逢うために
めぐりめぐって　探そうと
現代の庄左は風の旅をする

うちの人　出かけて行けば外の人
武田のお館　信玄さま没後
現在の四百余年後　空の下
戦国時代の甲斐を遠く離れ
どこを迷って　いるかしら
汗をぬぐった　手ぬぐいを
ふと耳にあてる今　内の人

聴いたことのある　風の声
空を渡る記憶と一緒に甦る
「時代の山路を　駈けるのが生き甲斐ずらに
遥かないのちが　置き忘れていった探し物を
今も倦きず捜しているんさ」

内の人が言う声を　目をまるくしながら
こよいも　こどもは　聞いているずらか

「出世にも名誉にも新しいものに目覚めない
甲斐性もない人ずらに　歴史が残していった
忘れ物を届けて歩くあの人の　これが困った
古着模様　歴史狂・今庄左の　くせずらよ」
ひとりでつぶやく　内の人
信玄さまの配下　変人・曲淵庄左衛門を追う
今庄左の旅はたびごと　内の人の心に掛かる
夢であればいい　現実に
辿りはつけん　夢シーン

猫で　犬の庄左

「――こんな　もんずらに」
庄左さんが　言ったんずらか
「……どんな　もんですけ」
おそるおそる　わたくしは問うた
「目的があったって　生きるって
こんなもんだ　と言ってるずら」
四百年来の　横柄な口調で答える

なにぶん　夢中であったので
それ以上　訊ねられやせんが
猫よりましずら　と陰でも日向でも言われた
傍若無人の人情家・曲淵庄左衛門は　人気者
家臣だが　主君・武田の信玄さんを凌ぐ寿命
その値打ちものの　一生が
切切と　語り出す声ですら
「戦国の世から　文禄三年（一五八四）まで
ざっと七十六年の　現役浪人のそれがしだが
今だに成すこと成さざること　甲斐・八ッ岳
より仰山ずら　もう待ってはいられんずら」
「…………、　…………」
びっくりして、わたくしは息をのんだ

「——待つことだけが、人生ずら……と
心やさしい　大正時代の甲斐人から、きいた
ことがありやすが、——」
また　おそるおそる　わたくしは問うた
「いないな　ちがう違う　すすめ進めずらに
〈疾きこと風のように進むこと火のように〉
とは　お館さまの旗じるし　胆の内で左右に
いのちの旗を振ってくら」
「ですけど　わたくしに」
「ああ　できる　できるずら　足が一本不自
由で　目が一つ不自由な　それがしでさえも
なしとげようとしてるら」
夢の中で夢中で交わした〈猫のような　犬の

ようなﾝ　庄左さんとの　風来問答でごいした

風来

嘆きなどは　とうの昔
わすれてしまいやした
ゆうゆう　空ゆく雲を見て流れ
浮き世の波　憂き身を浮かべる
それは流されているのではなく
自分で　流れているのでごいす
時代のなかの

異変のうちを
この世と冥土　はざまを流れて
いささかも　そつがごいせんね
まっすぐな　曲淵庄左衛門やん
それにひきかえいくたびも嘆き
行方ない溜息吐息のやつがれは
憧憬の　空に
呼びかけやす
こんにちは　世渡りの　手だれ
四百年前の　曲淵庄左衛門やん
永禄三年の　ご当時　甲斐国主武田信玄さん
と庄左やん　無名の家臣でありながらも親友
兄弟のよう　なぜおつきあいができやしたか

さらにさらに
不思議ずらに
七十六歳までに　五十六度も死神とつきあい
たびごとに　戦塵のように打ち払ってやした
いつもいつも　自身の名誉は　道化にかえて
頑固な不名誉だけを　横車に積みあげながら
無知だからできる　と笑って押し通しやした
羨しいずらね
幸運ずらにね
それでも平生はゆらゆらとして
どこか男っぷりまで風流ずらに
ほろりと　だれかのやわらかい　胸を搏った
無欲がすきだったが　名もない山野の艶福家

おねがいですから　それだから
お供させてくださいまし　と遥かついてきた
後ろにつづく寿命と　幸運の赤い羽織のひも
自身はいつも遠慮ぶかい兵糧米
腹いっぱいに届かないけれども
自然が新鮮な甲斐峡東の空気を
胸いっぱいに吸って吐くほどに
羨ましいずら
我が庄左さん
常々　心がまっすぐで　曲ることを知らない
男の本懐は　異変が多い平成の世と同じよう
人の知らない山野を吹く風だけにあいされた

めを閉じても開いても　こうかん

「それだけでよい　丁度いい
こうかんを呼んで　いいずら
かんすけ　と　軽々と気安く
呼ばれているのが　いいずらよ
益荒男ぶりは　しごとの中味だ
名前なんぞは　全く拘わりない
山本道鬼晴幸　と　偉そうに

姓名　整然としているようだが
先輩　等輩　後々の世の人々に
かんすけと簡単によばれていよ
その方が人気が出ていいずらに」
永禄四年（一五六二）十月以来
甲斐武田やかた　信玄さんの呼ぶ声に
かんすけは討死後　四百年の夢醒めた
片目を　薄く開いても　信玄旗本隊の
旗や旗指物の　はためきの影さえなく
ビールやトラベル　クレジットセール
ルの字煌めく宣伝の電光板が鮮やかだ
堅い名前よりも　簡単ななまえ
好感を持たれる　商品が売れる

堅い人より　センスのいい人で
笑顔いきいきの　タレントさん
人気と　視聴率とを高めている
〈跛者で片目〉と　史書はいうずらか
お決りの感と　気安さで　かんすけは
平成三十年も近づく　この現代でさえ
大河ドラマの　ヒーローが招いてるら
「運のつきも　ご利益さえも
いいしごとの　あとにつづく
人にすかれる　センスが大事
お前《まん》の手柄は四百年後だったずら
感じのかんすけよ　おめでとう」
配下の好漢を称えるおやかた信玄

戦国時代の甲斐から遠い声がする

いい仕事し甲斐

甲斐は峡《かい》　山また山の間《はざま》ずらに
――こちごちの　山の峡に立ち栄ゆ
葉広くま柏――　の繁れる地
『古事記』下の巻から　語り継ぐ
ふるめきつづく　山岳地帯ずら
その甲斐に　生まれ育ったわたくしに
いつも山のように　心で仰ぐ男がいる

山本勘介晴幸は　甲斐源氏の武田家が
誇る信玄さまの　家臣だったずらか
駿河の山の方から　流離来たった
峠下ろしの風のような　風来坊ずら
それが　名門名将の軍師となりやした
と『甲陽軍鑑』という史書が誌す
いい手柄とともに　四百年前の戦史に
いい仕事と　その名を残した男ずら
いい仕事が　手につかないような
風に戦ぐ　流れ者であっても
辿り着いた　さすらいの先で
殊勝な仕事を　成し遂げればいいらか
それがいいと　暗いさまよいごころに

灯のような　望みを掲げてくれるらに
「いいねえ勘介やん　いい仕事がでけて」
「いつかわたくしも　いい仕事したいら」
つづけざまの　独り言でごいす

斜面の　垣根

山国の　斜面が嶮しい　暮らしから
それでもこれでも　この男はやっと
歩いて　一日だけ　離れてきたずら
県境の　人々が通り過ぎてゆく街へ
盆地の縁《ふち》の村に生まれ　死ぬ日までずっと
登り下りの峠路を　辿り続けた父母よりも
この男は　なんぼ自儘ずらか

まずしいながらの　気儘さが
ひしひしと胸に　ぎゅっと　抓って
痛みのように　広がっていくずらに

けんど今　心にかかる風景があるら
からすの行方に　ゆめを描き
だれにも頼らず　自力だけを頼りに
神仏以上に　人さまへの奉仕こそが
とてつもなく　豊かだった人
鉈と鑿だけで彫った　荒梳りの木像
微笑仏を蒔いて歩く　名もない人影
文化三年（一八〇六）十月のころ
住みなれた　甲斐でも斜面が急な丸畑から

丹波へ摂津へ全国　遥かな異郷へ
山家を離れて旅立った　とこしえの修行者
木喰行道さんの　遠い後ろすがた
九十三歳の　無欲な人の幻影だけが　今も
月日の雨戸を　外側に開いて
ゆめの垣根を　軽々と越えて
笛吹川の村を　旅立って行く

行道　行路

知っている人と別れて　知らない
遥かな幸運を　もとめてとおくへ
行ってみたい　と常々おもった人
それが何になり　それがその通りになって
それからは　どうなるものでもないけんど
文化七年（一八一〇）六月　甲斐・山梨丸畑
畔の小道を　大きな顔をして行道さんが行く

九十歳過ぎ　常に微笑仏を彫って蒔いて行く
日本・全国　百八か所　煩悩の数と同じ旅へ
行って帰り　また往復をくりかえしていたが
この年限り　甲斐・山梨のどこへも戻らない
この世のどこへも　ついに帰りはしやせんら
寄り道する　ところが増え続け
行路の幸運　その数が多すぎて
ついに現在　帰りたいと思うひまもないのか
わたくしは　ふるさと山梨の地図を出して
時刻表も出し　ノートも出して幾とおりも
旅のコースを　書いてはみたがどこから先
どのあたりが　わたくしの未知ずらか
判断のさきが　なかなか分かりやせん

それでも　こころのかたすみで
どこかへ　きっときっといつか
行ってみたい　と熱くしきりに思いやすよ

ぼくねんじん

知るまでに　時間がかかり
知るころは人は去り　人は
終わりになるものと教えて
くれた人ですら　素堂さん
目には青葉山ほととぎす
　初かつを
あの　山口素堂さんですら

甲州山家のぼくねんじんで
ありながら　どこかが違う
似ているところあるようで
全く　わたくしの及ばない
甲州・甲府のぼくねんじん
十九歳で家を出て家は弟に
譲って後　都へ出てやした
ここまで同じで　それから
わたくしの及ばない　御仁
歌に連歌に　書道に茶道と
談林俳諧の松尾芭蕉さんが
私の親友になってください
とお願いしたほどの教養人

ずっしりと
　南瓜落ちて　秋寒し
素っ気ない　素堂さんの句
これが　談林形式を蕉風に
変えた　芭蕉俳句始めずら
これから又わたくしと似て
元禄八年（一六九五）帰省
土や石を運ぶのが大好きで
甲州ににごり川の工夫になる
全長　約三千八百メートル
水防工事を見事完成させた
わたくしはわが事のように
手ばなしでうれしいですら

にごり川流域　十六ヵ村の
人々が建てた　感謝の生祠
にごり川岸の　山口霊神へ
明日は勤労感謝の仕事休み
無力なわたくしが詣でやす

名も無い人の名

　若しもし
もくじょうさん　と申し上げやしたとて
その名は　どなたもご存知はごいせんね
けんども
島崎先生　国木田先生　そして宇野先生
このご芳名は　どなたもご存知ごいしょ
　例えれば

木だけの城　瓦の屋根も漆喰の壁もなく
百八年もたてば　崩れて落ちて空堀だけ
それも残らない　寨のようなわたしずら
　と言う声
百八年の九十二倍以上　万力林の中から
聞こえてくるのが　不思議でなりやせん
　その上に
文章世界　と申し上げたとすればきっと
ご存じのかたが　おいでるでごいしょう
　そうです
藤村の『桜の実の熟する時』や　独歩の
『二老人』　浩二の『蔵の中』を掲載し
世に出した　文学誌の名でごいすからね

いつでも
前田木城さんは　困ったような顔をして
謙遜ではなく　本心からつぶやきやした
先生方の
名文は　その名も博文館や名誉編集長の
田山花袋先生の　お陰で世に出やしたよ
私はただ
明治三十九年の創刊号　一万八千部ほど
作って売った　お手伝いをしただけずら
と木城編集長　声は今もとても微かずら
山ばかり
それでも山なし県と呼ばれる　同名の駅
山梨市駅から徒歩五分　石碑は頑なずら

御影石に
「一人の心は万人の心　文化の根源はここにある」　声以上の地声は滲み出やす

一から一へ

朱い　葩が咲いている
遠い　並木の途が続き
遥か　外灘の江を望む
旧く　新たな上海の街
あの学舎はどこずらか
美しくペインティングした彩色の景色
ところどころにはファンタスティックな

モノクロの昔日が影をおとしている街
——ここでわたくしはあの青年と同じ
東方の穹天に続く黄浦江の紺青を見る
「文は外語理は交通」
人口は一千二百五万人
面積六千百八十四平方
キロメートルの大都市
そこで訊ねてみたずら
「文系をめざすなら上海外国語大学で
理系に進むなら上海交通大学ですけ」
高校生たちは一様に笑って頷いたのだ
入学試験合格への難度を熟知の受験生
理系第一の名門こそは　上海交通大学

上海の都心・西蔵中路
遠く離れた　文教地区
赤い門扉を南に向けた
学内案内板　工業科・
製造化学科・交通科・
工芸科から採鉱科まで十種の設置学科
目をあげていると言葉が込み上がった
「あの時のまま　変わっていんずらね
根津一《はじめ》さん　これがあなたの東亜同文
書院ずらか　わが村の根津山州さん」
あの国家主席も首相も
数限りない政府要人も
それ以上数えきれない

日本の政治家も「集団
フォート」構成の人も
建学の労をあなたが担ったこの学校の
出身者だったのでごいす　明治二十（一
八九七）年　近衛篤麿（首相・文麿の
父）が「日中親善」のために開校した
と知られ　創設者名は誰も知りやせん
甲斐国東山梨郡日川村
笛吹川の瀬音が枕辺を
拍つ鄙で育ち寺子屋に
学び　世は一に始まり
一で終わる　初志貫徹
山梨・山村・山家生まれ号は〈山州〉

「山のように生きよ」と教え子に言う
いつも色の変わったフロックコート姿
常に懐中時計を出しのぞきこんでやす
が時計の針は以前から動いていやせん

訊きたい山々

甲州・鏡十条の　名物おとこ
瀬戸重やん　と呼ばれていた
おっちゃんの　声が聴こえる

「世のため　人のため」とか　言う人なんぞ
めっきり　減った世の中ずらよ
〈修身〉とかいう　本が言った

「修身　斉家　治国　平天下」
自分のことは自分でして　世に迷惑かけない
漢学の外がわの文句は　造作ねえこんだけど
今の世には　用もねえ　と
言って　変てこりんな顔を
する人が　ほうげい多い世の中になりやした

世間さまより　人さまより
一番大切なもんは　家族で
その一番より　大切なもん
それを何といったらええか
○《れい》番は自分だと言うずらか
そんな世の中になりやした

ふんだけんど　その大切な
自分のために自分だけでは
どうしてもできねえこんが
たった一つだけあるらに　知っていやすらか

墓穴を掘れば　ぴったしで
棺桶を担げば　音一つねえ
墓石を据えれば寸分違わず
読経は何宗でも完璧ずらに
口数が少なかった時代の鄙
思いもかけねえことを　黙ってなしとげては
さっさとあの世へ引っ越した
常々寡黙なおっちゃんずらよ

六十四年後　甲斐・山梨の遠く澄んだ空の下
今　瀬戸重やんに訊きたいことが山ほどある

甲斐はちじょうの　山

ただ見れば　中岳の遠い山頂
人々は山のなかほどを見んら
山頂と麓の間　ほこらが座す
千二百年来の歳月がたゆたう
昨日　置いてきたような惜別

古墳のように時間の奥に漂う
この途　母屋の横から中腹へ
あの山なみはどこからどこへ

麓つづきの途　母のおくつき
辿る足許だけを見つめて歩む

過ぎていった跡の　輝きの天
流されていった後の豊かな地

父が去って　ただただ二十年
母が去って後わずかな六十年

六百年　千二百年重ねたかげ
悠々と展望が続いた野の光陰

麓から駈ける　田草川の田圃
点在する集落こそわがふる里

弟と　次の弟と　その次の弟
母のいない兄弟達の山の寂寥

共有し　四人噛みしめた幼時
六十年前のままに聳える蜂城

人が残したものは　見えんら

時が残したあとだけが見える
蜂城山から望む　遠い扇状地
山を越え来る曙光がひろがる

〈あとがき〉にかえて

白い　浜辺の
松原に
波が寄せたり
返したり

天の　羽衣
ひらひら　と
天女の舞いの
美しさ

(ー羽衣の松ー三保の松原ー松風こえるー富士の山ー)

この歌は、カタカナで書かなければいけなかったのでしょう。

五歳の時でした。表《おもて》富士を見たことのない母が、この歌を歌ってくれました。

「いい歌だねえ」

「ふんとうに（本当に）ねえ」

十五歳の時でした。裏富士の山かげの村で、母は世を去りました。

二十五歳の時、六月十八日でした。命日に、やっと表富士を見に行きました。三保の松原へ。

五湖から見えるのは「裏富士」、と人々が申します。三保の松原から見えるのが「表富士」、と皆さまがおっしゃいます。

山ばかりの〈山があっても山なし県〉で、わたくしは生まれました。言い知れない、いろいろな暮しが往き交う五十五軒の聚落で育ちました。そのことは、とてもとても幸運でした。

……この想いを、ここに詩らしい拙文にかえてみました。すぐれた人がらの籠もったご高文を、巻頭にお書き下さった武子和幸先生に、まず心ふかく感謝もうしあげます。

ていねいにていねいに、こんなに美しい詩集を制作していただいた浅野浩社長さま、うつくしい装幀で飾ってくださった高島鯉水子様に心からお礼もうしあげます。

ありがとうございました。これまで、とてもとても多くの詩人のかたがたに学ばせていただきました。〝詩と詩が生まれるまで〟について、です。今、おひとりおひとりを想い浮かべています。

二〇一七年七月七日

中村吾郎

著者略歴

中 村 吾 郎（なかむら ごろう）

山梨県一宮町に生まれる
日本ペンクラブ　日本現代詩人会　日本詩人クラブ　各会員
詩集『甲府盆地』（砂小屋書房）、『御坂峠』（土曜美術社）
著書『実践文章論』（詩画工房）
共著『心に響くいい話』（PHP研究所）
その他著書多数

詩集　裏富士《うらふじ》

2017年10月27日　初版第１刷発行

著　　者　中 村 吾 郎
発 行 者　浅 野　　 浩
発 行 所　株式会社 東 方 社
〒358-0011 入間市下藤沢1279-87
電話・FAX（04）2964-5436
印刷・製本　株式会社 興 学 社

ISBN978-4-9906679-6-2 C0092 ¥2500E
